Puedes consultar nuestro catálogo en
www.picarona.net

Alana, la bailarina del agua
Texto: *Alice Cardoso*
Ilustraciones: *Sandra Serra*

1.ª edición: junio de 2018

Título original: *Alana a Bailarina da Água*

Traducción: *Lorenzo Fasanini*
Maquetación: *Montse Martín*
Corrección: *Sara Moreno*

© 2007, Alice Cardoso & Sandra Serra
(Reservados todos los derechos)
Edición publicada por acuerdo con Edições ASA II/Texto Editora, Ltd.
© 2018, Ediciones Obelisco, S. L.
www.edicionesobelisco.com
(Reservados los derechos para la lengua española)

Edita: Picarona, sello infantil de Ediciones Obelisco, S. L.
Collita, 23-25. Pol. Ind. Molí de la Bastida
08191 Rubí - Barcelona
Tel. 93 309 85 25 - Fax 93 309 85 23
E-mail: picarona@picarona.net

ISBN: 978-84-9145-178-5
Depósito Legal: B-10.311-2018

Printed in Spain

Impreso en España por SAGRAFIC
Passatge Carsí, 6
08025 - Barcelona

Texto: Alice Cardoso *Ilustraciones*: Sandra Serra

Alana,
la bailarina del agua

Érase una vez un bosque verde, donde las plantas y los animales vivían felices y tranquilos.

Los pájaros volaban libres en el cielo. Los animales terrestres crecían en armonía. Los peces del lago cristalino nadaban cerca de la cascada, maravillados por los cánticos de las ninfas.

Las ninfas eran muy bellas y dulces. Vestían túnicas ligeras y se adornaban el pelo con pétalos de flores.

Cuidaban de los seres vivos del lago y tenían el don de conservar la pureza de la Naturaleza.

Las ninfas cantaban como ruiseñores,

y cuando bailaban sobre el agua, parecían volar.

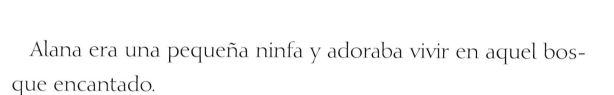

Alana era una pequeña ninfa y adoraba vivir en aquel bosque encantado.

Corría y jugaba con los animales, respirando el aire puro. Bebía el agua fresca de los manantiales y observaba las flores que brotaban, respiraba el aroma de la Naturaleza, se dormía escuchando el croar de las ranas…

Alana pensaba que no existía nada mejor que nadar en el agua límpida del lago y saltar en la espuma de la cascada.

Cuando se sumergía, imaginaba que estaba en el mar,

explorando cavernas escondidas entre los corales...

cabalgando con los delfines y

Pero lo que Alana más deseaba, como todas las ninfas, era ser bailarina.

Todas las mañanas se ponía sus zapatillas y saltaba encima del gran nenúfar, donde las ninfas más jóvenes tenían su aula de *ballet*.

La profesora, una bailarina experta y deslumbrante, estaba enseñando y explicando:

—¡Pies en primera posición! *¡Plié! Relevé…*

Las pequeñas ninfas repetían con gracia las posiciones y los movimientos.

Todas menos Alana.

Alana quería aprender deprisa a ser una bailarina; la impaciencia la llevaba a intentar anticipar los pasos y, obviamente, acababa liándose.

Siempre confundía las posiciones y ponía los pies de tal manera que parecían las patas de un pato.

Cuando tenía que darse la vuelta a la derecha, lo hacía a la izquierda y chocaba con las otras bailarinas; cuando tenía que ponerse de puntillas, torcía las piernas y se lastimaba los dedos; cuando hacía una pirueta, siempre se caía…

A las demás bailarinas les hacía mucha gracia, pero la reina de las ninfas estaba muy preocupada: nunca había oído hablar de una ninfa que no fuera una excelente bailarina, y Alana era muy torpe. ¿Qué pasaría en el baile de la Noche de la Gran Fiesta?

Cuando llegó la Noche de la Gran Fiesta, Alana salió de su casa cubierta de musgo y se dirigió a la orilla del lago.

Los animales de la selva se encontraban todos junto al agua, que reflejaba los rayos de la luna.

En el lago, los peces aguardaban levantando levemente las hojas de los nenúfares.

Se oía el ruido del agua que caía en la cascada.

Los relámpagos iluminaban la noche.

Alana pasó cerca de una tortuga,
que le dijo:
    —No te olvides: ¡un paso cada vez!

La reina de las ninfas se sentó junto al lago rodeada por todas las ninfas. Esa noche, todas llevaban puestas unas túnicas luminosas.

Y cuando comenzaron a cantar, el eco resonó por toda la floresta.

Algunas de las ninfas comenzaron su actuación bailando libres sobre el agua del lago. Mientras tanto, otras lanzaban minúsculos pétalos de flores que caían suavemente entre las bailarinas.

Cuando llegó el momento en el que Alana debía bailar...,
saltó encima del gran nenúfar e intentó imitar los movimientos
de sus compañeras.
Relevé... Pirueta... ¡Splash!
Alana cayó al lago.

La pequeña ninfa oyó las risas y, avergonzada, se quedó en el agua, mirando a las hermosas bailarinas que envolvían la noche en un sueño mágico.

¡Poc!

Entonces Alana oyó un extraño ruido. Miró atrás y vio algo que en seguida la alarmó: un bidón había caído desde la cascada y estaba vertiendo petróleo en el lago.

Alana sabía que eso podía representar el fin para los animales y las plantas que allí vivían. Y también sabía que las ninfas abandonaban las aguas contaminadas.

Gritó intentando llamar la atención, pero nadie la oyó.

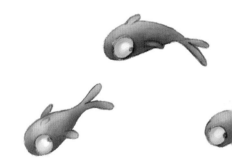

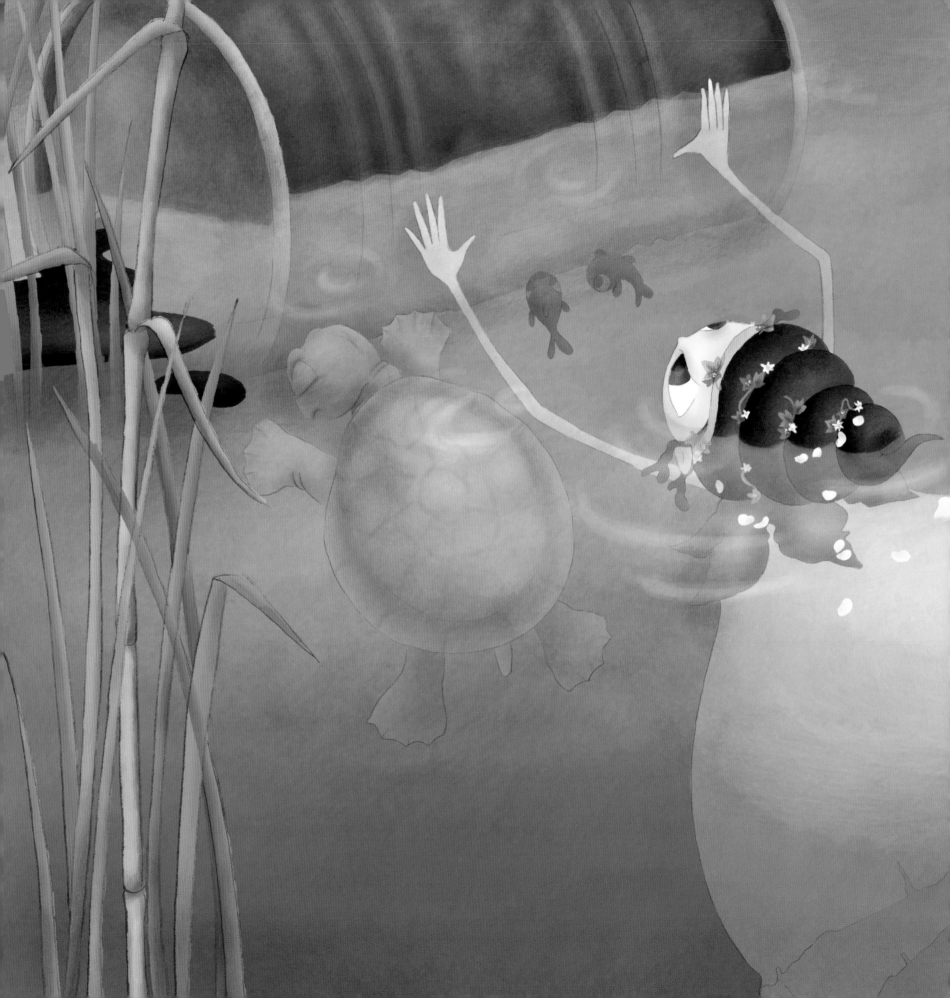

Nadó rápidamente hasta el bidón. ¿Qué podía hacer?

Era tan pequeña…

Instintivamente se sumergió, y en ese momento descubrió en sí una fuerza que le permitió empujar el bidón hasta fuera del agua.

Pero el líquido negro y pegajoso se estaba esparciendo rápidamente, amenazando con destruir aquel lugar maravilloso.

Alana sabía que sólo las ninfas más ancianas, que tenían el don de conservar la pureza de la Naturaleza, podían salvar el lago. ¡Había que avisarlas!

Alana nadó hasta el gran nenúfar, donde seguía
el maravilloso espectáculo de baile.
¿Cómo podía llamar la atención?
Entonces, la pequeña Alana tuvo una idea.

Bailó en el agua, al son de los cánticos de las ninfas,

iluminada por los focos de luz de la luna.

Un paso de baile, un *split*, una pirueta… Todos la miraban, fascinados por aquel *ballet* acuático que nunca nadie había visto, mientras minúsculos pétalos de flores volaban cubriendo el lago de perfume y color.

La reina de las ninfas sonrió.

Al final…, Alana era una brillante bailarina, como todas las ninfas. En el agua había encontrado su esencia, su alma.

Sin embargo, la sonrisa de la reina desapareció al ver que Alana estaba bailando en dirección a una mancha oscura y amenazadora.

De inmediato, las ninfas agarraron unos frascos de diferentes colores y se sumergieron en el lago, esparciendo esencias vitales que en seguida trasformaron el petróleo en agua limpia.

El lago volvió a ser puro y cristalino.
Los animales, las plantas y las ninfas pudieron
seguir viviendo felices y en armonía.

Y a partir de entonces, para todos, Alana fue «la Bailarina del Agua».